poesy*ポエジー 21

帰路

ICHINOSEKI Tadahito
一ノ関忠人

北冬舎

帰路 目次

ブックデザイン＝大原信泉

帰路

01

2005／9／17

02　病院日和

ベッドをすこし起してみる空に赤み帯びたる雲浮かびをり

子に貰ふ赤みみうさぎのマスコット腕組みをしてわれを見下ろす

医師の表情険しくかはりわが胸のX線写真を凝《ぢ》つと見てゐる

右脇よりドレインに抜ける濁り水わが胸に棲む夕やけの色

休日の検査室前閑散たり妻が車椅子にわれを押しゆく

右足首にテープ一枚の識別票此ノ生ノ帰路茫然として

不安げなる顔して病室に入りくるむすめよここだ父はここにゐる

羽撃《はばた》きてまたもぐり込むむらすずめ垂り穂波うつ金色《こんじき》の田居《たゐ》

きのふよりけふ稲の穂の重く垂れ刈りしほ近し窓に見てをり

夕ぐれはかならず熱の兆しきて読みさしの本をわれは閉ぢゆく

ベッドサイドに新しき友黒猫にお化けかぼちやが睨みをきかす

北海道に拾へる青きどんぐりが褐色をして手のひらに二つ

点滴棒を左手にして徘徊すはかなきおもひにねむれぬ夜は

黒きマントをまとへるごとき人がゆく死神か知れずその後を追はず

断崖に立つはわれなり覗き込む淵は色なくぞつと寂しき

夜の魚はあへぎもらして泳ぎゆく邪魔する雲の塊《マッス》くぐりて

一畳ほどのベッドがわれの栖なりおとろへたれどわれ此処に在り

ちぢこまる陰茎に熱きシャワー浴びせふたたび立てよわれの男

点滴の針より落つるひとしづくふたしづく命の水のごとしも

ビーカーに小便を採る習慣にもなじみて入院七日目となる

チェーンソウの音の響きをなつかしみ山にゆきたし春来る山に

内視鏡に胃の腑さぐられゐづくなりわが秘めしものあばかれゆかむ

右腕の痛みに耐へて端座するけふわが友の忌日なりにき

蛍光灯の眩しき看護師ステーション深夜のわれの拠りどころなり

台風の余波にてけふは雲が飛ぶ丹沢山塊をくろき雲とぶ

鎮痛剤ノ影響ナラム。

なめらかなる女の肌の凹凸が背後よりわれに来てなまなまし

けふもまた空うすぐもりなに思ふことなけれどもひと日はじまる

プーさんの服着てむすめが笑ひ来る近寄ればイーヨももつたり笑ふ

朝の顔を壁の鏡に映しをり枯れ葉色して朽ちゆくわれか

起き出でてトイレにむかふわが姿蟹の横這ひかをかしくてならぬ

03

わが病牀六尺の歌

眠れざる夜の廊下に行き逢ふは幽鬼かさにあらず明日のわが影

荒法師のごとき髭づらの眼が光る炯炯として夜の鏡に

やがてこの髪も抜け険しき表情にわが笑むときは子よ近づくな

右腕、麻痺シテ動カズ。

左腕いつぽんにめしをくらひをりさながら餓鬼ぞ人に知らゆな

胸水を抜き心嚢液減らし採血は数へきれずいつしかわれはぼろくづ

病室のわが窓を雀乱れ飛び群鳩がゆきやがて朝来る

つつぬけの青空けふは秋日和稲刈る作業をひねもす見てゐる

赤蜻蛉《あきつ》すでに飛ばざる刈り田見ゆたちまちにして過ぎたる一月《ひとつき》

パジャマ姿にせめても首のタオル一本オシャレをせむと茜色巻く

新館の屋上に二羽のセキレイが秋の日を浴びきらめきてみゆ

わが窓にゆつくり動く雲増えてやがて茜に暮れゆかむとす

朝昼晩の三食が生活のリズムなりこの定型をけふも守りぬ

灯を消して時計の針の見えがたしねむりぐすりの効きくる頃か

成瀬有氏モマタ同種ノ病ニ苦シム。

東京の街の灯うるみ暮れゆくをなげかふかわれも病み臥してをり

渡り廊下の窓より望むマンションの灯ともし頃はさびしからむか

わが病牀六尺の歌頭髪の脱毛始まれば笑ふほかなし

夜にひとり鏡にむかひ笑ふべしうすき顱頂《ろちやう》に手を軽くのせ

けふもまたひと日過ぎなむ靴音を響かせて妻は病室を出づ

きつねおじさん

眠れない夜、そっと病室のカーテンを開けてみます。外はまっくら、星も見えません。しばらく闇の底をのぞいていましたが、やがて眠くなって、私はふとんにもぐりこみました。夢に出てきたのは、左の耳が緑色のきつね。メガネをかけたおじさんぎつね。きつねの国は昼と夜が反対だそうです。ほんとうはこのおじさん、働いているはずの時間ですが、眠れない子どもがいると、話をしたくなるんだって。あとで親玉ぎつねに叱られてしまうと言いながら、おじさんはいつまでも話をやめません。

赤みみうさぎ

今夜は、どうやら満月のようです。カーテンをしめ忘れた病室には、月の光があふれています。明るい光が空いっぱいを照らしています。ところが、月にうさぎが見えません。私は起き上がり、部屋中を見まわしました。窓に近い机の上。そこに画用紙が一枚。その紙の上に、うさぎはいました。そのうさぎ、片耳が折れていて、そこだけ赤いんだ。これは、昔、お父さんが描いた絵のうさぎです。

しつこいお月さん

今宵も満月。入院してから一か月がたちました。ひさしぶりの月の明るさにさそわれて、外に出てみました。こうこうと照る月の光がまぶしいばかり。はじめはその明るさがうれしくて、野原をただむやみに歩いていましたが、だんだんにまぶしくて、それにまた何でも見えてしまうので、私はすっかりいやになってしまいました。林の中にかくれたり、橋の下にもぐってみたり、月の光のとどかないところを選んで歩きました。それでも、月はしつこく尾いてきます。もう、いや。やっとのことで病室にもどると、そこはまっくら。秘密の場所にもどれて、ホッとしました。

ベルリラ

小学校にふるぼけたベルリラがあります。5台あるうち1台だけが旧式で、誰も使いません。鼓笛隊のベルリラに選抜された4人も新しいものから選ぶから、その1台だけが残ります。でも、私は決めていました。オーディションで選ばれたら、必ず、私はあのふるぼけたベルリラを使うんだ。なぜかって。これは、みんな知らないことですが、あのベルリラには秘密があります。てっぺんの鉄琴に、小さなシールが貼ってあるのです。うさぎのシールなんだけど、それがあのうさぎなの。片耳が赤い、あのうさぎ。オーディションに受かったら、あのベルリラを鳴らすって、もう決めているの。

うれしい日

今日はひさしぶりに晴れました。冬の太陽がうれしく感じられました。赤みうさぎは楽しくてなりません。長いこと入院していたお父さんが家に帰っていたから。学校から、「ただいま」って帰ってきたら、「おかえり」ってお父さんの声が聞こえました。みんな、うれしそう。寝てばかりで、笑っているだけだけど、やっぱり家族がそろっているっていいね。

演奏会

きょうは雨。きのうも雨。きっと明日も雨。赤みみうさぎは暗い気持になるのでした。ここのところ、楽しいことがありません。お父さんは病気、おにいちゃんのテストはうまくいかない、お母さんもとても忙しい。赤みみうさぎはなんとか楽しくならないかなと考えるのでした。しばらくうつむいていた赤みみうさぎ。やがて、顔をあげると、耳の赤いところがいっそう赤くなり、それはそれは明るい表情です。そうだ、演奏会を開こう。赤みみうさぎは、そう考えたのでした。机の抽斗から色鉛筆をとりだすと、案内状を描きはじめた赤みみうさぎ、ほんとうに明るい顔です。

05　万華鏡

身近なるものに寓《たと》へて空想にときをり遊ぶわれ病臥して

子の拾ふけやきふたひらまつ赤なり耳に見立てて赤みみうさぎ

窓の外は木枯らし三番吹き荒るるこんな夜ぞ赤みみうさぎ寄り来る

ベッドサイドに赤みみうさぎ座りこみ何かささやく子に似る声に

不吉、吉　いづれかうさぎささやくは聴きとめられず外は木枯らし

病室をのぞく主治医のけさの笑顔なにか嬉しきことあるごとし

謎解きのやうなる子よりのハガキありいくたびも眺めつひには解けず

樅の木にかざる人形の笑ふ顔くちよりまつ赤に舌垂らしたり

びつこひきゆつくり樅の木をめぐるわが病ひ癒えよ痛みよ去れ

百年の後この樅の木のあらざらむ梢《うれ》は天指す大木なれど

カーテンを開けば床は光のうみ満月色に椅子輝やけり

*

病むわれは臥《こ》い伏すけふも百日《ももか》経てなほ癒えず苦し声無く泣かゆ

閉ざしたる襖のむかふ子がはしやぐ百日ぶりの父をよろこび

ピアノにて「ジプシーダンス」を弾く娘ゆびしなやかなり大人びて見ゆ

病臥するからだ養ふ冬の部屋ベランダにシャツ干す妻が見えたり

鉄橋をわたる電車の音響くやまひ養ひねむる夜の牀

人厭ひ昨日けふありわが病ひことにきびしき年暮るる頃

言葉胡乱、まして政治家の語ぞ疎くうすつぺらなる世が続くなり

『政治家の文章』てふ岩波新書ありきおよそ半世紀まへ世の中変はる

亡き父の病み衰ふる晩年の脚の運びの苦しかりけむ

わが姿はあたかも猿ぞ笑ふべし風呂場の鏡に映りたりみゆ

摂食排便にこころ奪はれ日々を経ぬなさけなしせつなし生きむとするは

＊

年あらたまる夜の鐘ひびき病むわれは物思ひするはかなき思ひ

瓢箪型の容器に七味たうがらしふりかけて年越しそばを喰ふなり

ままならぬ手指の動き蕎麦たぐる割り箸すらも割れずとまどふ

アンパンの臍嚙みなにかうれしくて妻と語りぬ冬の夜の部屋

たまものの時間なりけふは気分よく『岩魚』読みをり声にゆつくり
（『岩魚』は蔵原伸二郎の詩集なり。）

わづかづつわづかづつ癒えてわが手足寝床に伸ばす正月二日

青く澄む冬のさがみの空みゆる九階のベランダに雀来てをり

ベランダの小さき水盤に雀二羽あたり窺ひしばしして去る

楽しげに自転車こぎてむすめゆく図書館までの冬寒き道

自転車の前籠に本あまた積み帰りくる子はベルを鳴らして

ポリアンナ弾みて語る物語むすめは一心不乱に読みをり

丁寧に硯を洗ひこころ澄む土曜のむすめうかれ顔なり

*

いづこよりの刺客に毒を盛られけむくる日もくる日も心地よからず

ひひらぎの葉にいわしの頭けふわれは信心するなり疫神よ去《い》ね

福よ寄れ!鬼よ来よ!こよひ節分の豆撒く声すどこかの病室

雲乱れ狭き南の空をゆく月影こよひたくましくみゆ

やがて太りゆく月しろもなほ寒き姿に青き空わたりをり

年ごとに会ふ臘梅《ろうばい》の花のとき今年は過ぎつすぎて寂しき

本居春庭二首。

目盲《めし》ひたる春庭翁《おう》の坐りけり妻壱岐をまへに歌くちずさみ

格子窓に花ふる午後も端座して春庭翁諳《そら》に語を並べゆく

（本居春庭＝一七六三―一八二八。本居宣長の長子にして、盲目の国学者なり。）

憊《つか》れたる耳は幻聴を誘ふらしひと日臥しをれば軍歌の響く

薬の効能うすれ鼓の音《ね》、三味線のおと溢れくるなり

心地よくわれは聞くなりコトワザのたぐひ唱ふる子の声のリズム

ランドセルを置きてたちまち出でてゆくむすめは軽き足音たてて

*

種多きポンカンを喰ひまたポンカンの種吐き種出し際限あらず

賜はるはぶんたん表皮の黄色の輝《て》り春よ来よ早く来よ跳ぶやうに来よ

臥しをれば耳の働き過敏にてむかしの音もまじりて聴こゆ

わが家のわが臥すところ東より西より北より音とほるなり

五時すぎてわがマンションに鳴る音はギター、リコーダー、ピアノ、尺八

病みてわが遠近法にゆがみありスコープに覗く部屋ゆくごとし

菓子のたぐひをむさぼり喰らふ餓鬼ならむぼそぼそと菓子の滓こぼしをり

二・二六の日。

大過なく過ぎむひと日か痛む足さすりこすりてけふの日すぎむ

海底に腐蝕のすすむ軍艦の砲台に棲むウツボが口あく

廃船になほひそむらむ〈英霊〉を護る甲殻類のいかめしき貌が

フィリピンに謀反ありやまひに臥しをれどひそかにわれも昂ぶりてゐる

*

ヒヒイロカネおどろしき名をおもひ出づ足うら痛むうすら寒き日

をさなき日にわがなくしたるトランプのスペードの「K」本より出で来

わが首を祀れるくらき夢を見つくらやみにまなこみひらく首なり

なまぐさは鯛のかしらを煮たるゆゑくりやより咒文　春のことぶれ

杖ひきてねこじやらし咲く野の春へ往きつ戻りつ痩せたるわが身

夢ニ一首ヲ得ツ。

山ノ芋ハオイデオイデヲスルゴトク葉ヲフリテヲリ小サキソノ葉

雨の日は家ごもりゐて又市の御行奉為《オンギヤウシタテマツル》――ものがたり読む

雨の日はつのぐむ葦の芽をおもふあしかびひこぢの春近からむ

*

野も山も春の気配にけぶりをりベランダにさねさし相模のくに見つ

あしびの花ぶさ垂れて咲くところ月光菩薩に会ひにゆかむか

そらみつ大和をあこがれのごとく言ふ人と語りきあひともに病む

朱の塔の屋根のかさなり紅葉のたむの峰にて父と仰ぎつ

脚ひきずりあゆむは父とおなじきなり病む身いたはり日だまりに来つ

ははそはと妻と子ふたり夜の卓に茶を呑みてをり渋き煎茶を

茶柱の立ちたるがなにかうれしくてこよひのどかに更けてゆくなり

あよみ入りさびしきさくらの林にてかたき蕾にわれはふれゆく

かたち見えぬを鬼といふなり病むわれにことさら猜疑の心さいなむ

わづらひてわが霊《もの》の疾《け》の跳梁をゆるせしならむ半年病臥す

相模湾に釣りたる鰺の塩焼きをほぐし喰ふなり海のいのちを

舌に熱きけんちん汁の旨し美味し病む身やうやく立ち直り来て

＊

9・11をおもふ。

千の部屋のムンクの叫びに似る顔のたちまちにして千々にくづれむ

まなく降る春の冷たき雨の音けさはさびしく聞きてゐるなり

きさらぎよりやよひにうつる春の雨ひひなの顔の花にほころぶ

形代を流さむとして春の川ちひさき川のたぎつ瀬に立つ

雛の日の朝のひかりに寝ぼけたるむすこは奥歯の痛みを言ふなり

『火山列島の思想』を「益田勝実の仕事2」（ちくま学芸文庫）により再読。

天皇の自決のさまにおもひ到る敗戦の日の華南にありて

〈陸封魚〉のごとくに矮小化せる日本の古典をさぐる論にてあるなり

事代主のいともたやすき死の謂れ読み解きがたしいくたびも読む

久世光彦氏死去。

なつかしき昭和を語りすめらきの魅惑を語り死にゆきしかな

＊

枯れ葦に春の日ざしのあたたかく百羽の雀いつせいに翔つ

相模川の流れに入りてたたずめる小鷺は春のひかり浴びたり

河川敷のホームレス伸びをせむとして春のひかりにのつそり出《い》で来《く》

白き花の咲きはじめ梅の花ほころぶわれに慨《うれ》たきとき過ぎよいま

休日の午後のリビングにくつろぎてむすめは探偵小説を読む

実朝の夢や砂頭に朽ち損ず大き唐船は海に浮かばず

北斎の波は魔物なりわが妻の開く画集にしばし魅入りつ

のみこまれてはならぬ大波わがまへにそそり立ち紺碧の口ひらきたり

パンジーの花咲く庭を見てすぎぬシャッポをかぶり杖にたよりて

われに従《つ》きあゆむむすめの髻華《うず》に挿すパンジーの花全けきいのち

芝草の枯れ色にさす日のひかりぬくときところわれはも憩ふ

ポケットよりとりだすドロップ、赤、みどり、きいろ　未来の色きらめきぬ

ぬひぐるみの赤みみうさぎ胸に抱きむすめは春のひかり浴びをり

万華鏡を覗きて不思議をいふむすめキラキラとして目に光りあり

06　歌仙「夏宵黒麦酒巻」独吟

《初折の表》

夏　黒ビールの泡白うして病みあがり

雑　のれんを分けて連れそふ夫婦《めうと》

雑　笹竹を重し重しと孫走る

雑　揺るる短冊邪霊散りゆけ

秋(月)　飛騨へ越すこよひ山中ぬつと月

雑　ろくろつ首が声かけてくる

《初折の裏》

冬　年暮るる侘び住まひなり銭もなし

雑　聖《ヒジリ》すがたの楽しきかもよ

雑　経誦《よ》むが趣味にて銀行員の息《ムスコ》なり

雑　休日父と鎌倉詣で

夏　葉ざくらの段かづらゆく狩衣

雑　政子おとろし安堵したまへ

秋(月)　宿酔は月の光に嘔吐《ゑづ》くまで

冬　冬の通勤帰りもつらし

新　熟睡の隣は初寅帰り哉

雑　神楽坂にて駒下駄鳴らす

春(花)　外濠の花のさかりを酔ッぱらひ

雑　鬼が角出す家入りがたし

《名残の表》

雑　山と積む大判小判床のした

雑　はかなき夢に海に漕ぎだす

雑　フダラクはいづこぞ那智の渚にて

雑　飴ふくむ口まぬけづらする

秋　八月の宰相殿にもの申す

雑　恐悦至極神と呼ばれて

雑　みそぎして有耶無耶にする苦笑ひ

雑　訣れさびしき文書《ふみ》かむとす

秋　蚊遣り火も用なくなりてひとり酒

秋　今年の案山子の図を案じたり

秋（月）　熟れ稲田わたる月かげ皓々と

雑　病みて一年命拾ひす

《名残の裏》

雑　うぶすなの社に痩骨杖つきて

雑　絵馬のいのしし愛らしき顔

新　肩ぐるまに子をのせてゆく初詣

雑　おしあひへしあひ九段坂ゆく

春（花）　病にて去年《こぞ》みぬ花にことし逢ふ

春　椀にうかべてすする花びら

歌仙「夏宵黒麦酒巻」独吟　始末

わが師岡野弘彦の歌集『バクダッド燃ゆ』の「あとがき」に連句の影響が述べられている。収録歌の「のびやかさ」をその現われと自解して、なるほどと思われた。また、安東次男の芭蕉連句評釈『風狂始末』（ちくま学芸文庫）は退院後の眠れぬ夜なかの読書の愉しみのひとつ。この二つが重なって、連句への興味がわく。連衆がいて、その座のなかでの詩的感興の自在な展開が、五七五、七七の言葉の働きを新たに導きだしていく姿は、言語表現の魔術をみるごとく、これは日本語詩の可能性として挑む価値ありと思っていた。ただ、病中につき身動きならず、親しく、なお知的興味を共有する連衆のあてもない。ならば、独吟か。二〇〇六年七月下旬、わが境遇を発句にして、快癒の予祝を意図して歌仙三十六句に挑戦とあいなった。

黒ビールの泡白うして病みあがり

発句は願望。あれほどに酒に淫していたのだが、いまだ飲めない。飲みたいとも思わないから、よほど衰弱しているのだろう。しかし、真夏の黒ビール、この芳醇なる清爽には憧れる。黒ビールは夏の季語。

のれんを分けて連れそふ夫婦《めうと》

脇は、夫婦連れ添って居酒屋へ。「のれんを分けて」で動きを出したつもり。夫婦は、「みょうと」と読みたい。こんな語は、雅の文学、短歌には使いにくいところである。

笹竹を重し重しと孫走る

老夫婦と見立てて、孫が出てくる。笹竹は、もちろん七夕飾りのためのもの。

揺るる短冊邪霊散りゆけ

これは、つきすぎか。七夕の短冊に病気の快癒を願ったわけである。

飛騨へ越すこよひ山中ぬつと月

ここは月の座。邪霊を怪異に読み替えて、泉鏡花の世界を意識してみた。ご存知の『高野聖』だが、リズムにも工夫を加えてみたつもり。

ろくろつ首が声かけてくる

ここまでが《初折の表》六句になる。前の句の延長で、ポピュラーな妖怪の登場である。

年暮るる侘び住まひなり銭もなし

年暮るるは冬。大晦日の貧乏所帯、金もなく声をかけてくれるのも、せいぜい妖怪ばかりである。

聖《ヒジリ》すがたの楽しきかもよ

聖は、ここでは乞食ととってくれればいい。深刻にならないリズム。

経誦《よ》むが趣味にて銀行員の息《ムスコ》なり

聖の本意をとって、お経が出た。貧乏を転ずるために銀行員というわけだが、その息子というのは平仄を合わせるためとはいえ、凝りすぎたか。

休日父と鎌倉詣で

お寺好きの息子、銀行員の父にねだって日曜日の鎌倉散策に出かけるという趣向だが、ここは自画像が重なる。小学生時代、史蹟散策はこのうえない愉悦であった。鎌倉は手ごろな散策地であった。

葉ざくらの段かづらゆく狩衣

葉桜は夏。段かづらは、鎌倉鶴岡八幡宮の参道。狩衣は、ここでは「かりごろも」と読んでほしいが、「かりぎぬ」と言い、平安時代の公家の常用略服。時代を経て、鎌倉へ京より下った公家である。メランコリックな公家の八幡詣での映像を想起してみる。

政子おとろし安堵したまへ

北条政子は源頼朝の妻。夫の死後、鎌倉幕府の実権をにぎる尼将軍。「おとろしい」のである。「安堵」は、本領安堵、幕府の力を示すところ。北条政子にすがる貧乏武家である。

宿酔は月の光に嘔吐《えづ》くまで

二度目の月の座。政子の亭主は頼朝なれど、ここは現代夫婦。夜中遅く帰宅したものの、昨夜の酒は今宵の月ののぼる頃に至ってなお吐き気が残る。妻よ、ごめんなさい、優しくしてほしい、というなさけない亭主の図。

冬の通勤帰りもつらし

帰りもつらい二日酔い。昨夜はずいぶん呑んだものだ。私自身は、入院以来、これで一年近く飲んでいないことになるが、それ以前は三日酔いも四日酔いもだ。

熟睡の隣は初寅帰り哉

熟睡は疲労ゆえ、大判小判の作り物をもって初寅の帰り。初寅は、正月最初の寅の日に、毘沙門天に参詣すること。ちょっとした華やぎがあって、流れにふくらみが出ればいいが。

神楽坂にて駒下駄鳴らす

新宿区牛込神楽坂の善国寺の毘沙門さま、初寅の詣り所である。神楽坂、さっきの泉鏡花の縁にも繋がり、また艶っぽい街である。うかれた調子が出てほしいところ。

外濠の花のさかりを酔ッぱらひ

花の座である。神楽坂を下って外濠通り、満開のソメイヨシノを愛でたる趣向。ふらり、心地よい酔いかげん。

鬼が角出す家入りがたし

酔ってのご帰宅に女房の怒り、家に入りにくい。女房の登場は、さっきもあった。これは、何の反映ならん。

山と積む大判小判床のした

貧乏所帯の夢。落語の世界か。この句から《名残の表》になる。

はかなき夢に海に漕ぎだす

はかなきは、当然過ぎたか。海を出して、空間的拡がりを示したつもりである。

フダラクはいづこそ那智の渚にて

海に漕ぎ出すフダラクの海。那智の浜の静けさを想う。入院中、何度か那智駅うらのあの砂浜を思い浮かべたことがある。

飴ふくむ口まぬけづらする

那智黒飴です。病気をして体質が変わったのか、いままでほとんど口にすることがなかった甘いものを食べたくなることが間々あるのだ。

八月の宰相殿にもの申す

靖国神社をめぐる政治、いやはや、醜悪なこだわりは困ったものだ。あのこだわりは、かえって靖国を醜いものにする。靖国神社は静かであってほしい。

恐悦至極神と呼ばれて

靖国神社の「英霊」は、神と呼ばれることが本意だったかどうか。「恐悦至極」は諧謔のつもりである。

みそぎして有耶無耶にする苦笑ひ

政治家の使う「みそぎ」の語のいやらしさ。

訣れさびしき文書《ふみ》かむとす

八月の政治をめぐる薄汚れた世界がつづいていたので、清浄な方面への展開をはかりたかった。訣れの恋文。

蚊遣り火も用なくなりてひとり酒

秋の失恋。苦い酒の味は、中年の恋というところ。

今年の案山子の図を案じたり

稲刈りシーズンになる。今年の案山子はどんな形態にするか、考慮中。

熟れ稲田わたる月かげ皓々と

ここは、また月の座。美しい風景にしてみた。昨年の入院時に心に残った景色である。黄色の田と白き月、とりわけて印象に残る。

病みて一年命拾ひす

実感。

うぶすなの社に痩骨杖つきて

《名残の裏》に入り、収束へ向かう。これも現実。痩せたわが身、痛む足をひきずって近所の社への散策。

絵馬のいのしし愛らしき顔

二〇〇七年は亥年である。猪突猛進の猪とはいえ、どこか愛嬌を含む。ことに絵馬は不細工な絵柄にて。

肩ぐるまに子をのせてゆく初詣

新年の初詣風景。そんなしあわせいっぱいな光景も過去のことである。こちらは病身、子どももう大きく育って肩車などできるわけがない。

おしあひへしあひ九段坂ゆく

どうも九段から逃れられないことしの夏である。というより、わがテーマであって、何かあるところに戻ってくる。靖国神社には、アンビバレンツな感懐がある。

病にて去年《こぞ》みぬ花にことし逢ふ

最後の花の座。さて、これも来年の予祝というところ。

椀にうかべてすする花びら

挙句は、花を賞美してありがたし。病気快癒とはなかなかうまくいかぬものながら、さて独吟の出来はいかがなものでしょうか。

（なお、その後、この独吟に興味を持って下さった連句を愛好する方がいて、私信を通じて式目についてご教示をいただいたが、すべて後の祭りである。式目に従って作り直してみようかと一つ二つ考えてみたが、時の勢いというものがあるらしい。あらためて流れを操作するのは困難だった。連句を愛好する方が好意的に受け取って下さったことをよしとして、初心の杜撰、意のあるところのみを読んでいただいて、細部には目を瞑ってもらうことにしよう。ご指摘は次回以降に生かしていきたい。ただ、私信中、酒に関する句が多すぎるとのご指摘は、なるほどと思い、さもありなんと苦笑したことであった。小野寺妙子氏にあらためて感謝する。）

07

古墳の薺

風にさわぐ古墳の一樹　二十世紀終《つひ》のひと日もそよぎてあらむ（『群鳥』）

ヒサゴ塚古墳ハソノ名ガ示ス通リ瓢簞型ノ前方後円墳　ソノ後円部ノ頂ニ
一本ノ松ノ木ガ立ツ　赤土ニ低キ草生フルノミノソノ古墳ニ　ワタクシハ
歩イテ　行ツタ　河岸段丘ノ上　更ニ小高キ墳丘ヲ築キタル古墳　周囲ニ
遮ルモノナク　杖ヲ頼リノ　ワタクシニハ　ツライ道程デアリ　松ノ一ツ
木ハ春ノ嵐ニ　吹キアフラレ　吹キアフラレ　ソレハソレハ騒然ト　枝ヲ
葉ヲ　鳴ラスノデアツタ

さねさし　相模の丘の
瓢塚《ひさごづか》　古墳のうへの
一つ松　あはれひとつ木

あづさ弓　春のあらしは
ひとつ木を　あふりにあふり
松の葉を　吹きちぎるなり

あなあはれ　古墳の松に
われひとり　彳みをれば
葉の茂り
騒然として　荒れに荒れたり

ひさご塚古墳に立てるひとつ松杖にすがりてわがのぼり来つ
子らあそぶ声さわがしき古墳にてひとにぎりほどの薺《なづな》つみゆく

*

小山の　うへなる松に
春あらし　吹きつのり来て
ざわざわと　さびしかる音

杖つきて　彳むわれに
くさ丘の　鳴動するか
底ごもる　音ぞとよもす

松の葉の　さやぎにひびき
この丘の　深きところゆ
何ならむ
とぎれとぎれに　音ぞするなる

なづなぐさ耳もとにふり草の実のかすかにさやる音をたのしむ
石室のうへなる墳の土をふむ反閇《へんばい》をふむ四股《しこ》をわがふむ

*

主知らぬ　春の古墳の
石室は　土に埋もれて

すでにして　黄金碧玉
盗掘に　根こそぎならむ

いにしへの　あづまの王の
墳丘の　草の茂りに
四股ふみて　わが彳めば
いつしかに
いのち生きよと　地に響きたり

ひとつ松の梢に一羽のからすゐて飛びたつときの声力《こゑぢから》はも
ひさかたの春の古墳のいただきにわが病むいのちふくらむごとし

08　バラ色の空

夕焼けて空はバラ色うつとりとイフヤノサカにわがあるごとし

（「黄泉比良坂は、今、出雲国の伊賦夜坂と謂ふ。」（『古事記』）

木の枝のほどよく交差するところヒヨドリ二羽のもつれ鳴く声

子がむかしトトロの森とよろこべる林にてあかるき空を仰げり

目の前に一羽鳴きたちまち背後より婆娑バサリ四羽濡れ羽のカラス

セキレイのしばし憩へる石のうへいまわたくしが疲れて坐る

人の訃は突然にしてこの秋のさびしくてならぬ月下の泉

化けきらぬ狐のごとし森に来て枯れ葉草の実帽子に飾り

陽にぬくむ石に坐ればこの石の下はしたしき死者ら住む国

河原口坊中遺跡。

時代毎の地層に人の住処《すみか》あり相模川にちかき陽のあたる場所

土錘《どすい》あまた地に埋もれたりいつの代も川にすなどり人住み暮らす

石帯《せきたい》は官人用てふハレの日は威儀を正していづちへ行かむ

陽の光すくなき日にて泥濘の道あゆみがたし杖つけばなほ

上空より鳶のうしはく河原なりサギは鷺領、カラスは鴉領

わが妻のふるさとよりの賜りもの柿を陽に乾しけふのどかなり

病中、夢ニ短歌ヲ得ルコトシバシバアリ。ソノ内ヨリ二首。

心ヨリクツログコトノアラザラムイノチオビエテ日々アリ経タリ

傾斜地ハワガ入リガタキ標野《シメヌ》ナリ茨ニ棘アリ茎立チ高シ

寒き雨に傘かたむけてあゆみゆく春の女神に会はむと急ぐ

シャポーにステッキ　シャレて町をゆく街は夕暮れ悪の灯ともる

わが居間の鏡にむかひひとり踊る狂へるにあらず狂はざるため

暮れ残る雲のすき間の空の色そこのみ凄し夕焼けてゐる

さつきまでわが坐りゐし石の椅子たちまち冷えて大杉の影

09　春の火

病院行《ゆき》のバス待つ列にふはふはりひとひら春のさきぶれの雪

杖つきて立ち止まりあふぐ青き空いつもの時間に飛ぶ一機みゆ

日々あふぐ空の邃《ふか》みをゆく一機丹沢を越え光のつぶて

寒暖《かんだん》の定まりがたき日々にして冬より春へ木の芽ふくらむ

寂しくはかなくわれの病む日なりゆつくり治《なお》りゆくからだにて

ほのぼのと空には武者の紙鳶《いかのぼり》春呼ぶ子らのよろこびの声

どんど場に積みたる去年《こぞ》のしめ飾り燃えやすくして火尖《ほさき》のびゆく

後記

「二〇〇五年九月十七日、突然の入院を命じられた。胸水貯留。右肺いっぱいに水がたまって呼吸困難だった。原因は悪性リンパ腫。それから一年半、ようよう命拾い。とはいえ、いまだ病む日々である。杖をつき、病院通いに仰ぐ空。いつも同じ時刻に、丹沢山系を越えて西に向かう旅客機が見える。凧に遊び、どんど焼きが過ぎ、季節は春に向かっている。」

巻末の「春の日」は「東京新聞」の求めに応じて発表した作品です。紙面にはこのような短文とともに掲載されました。この一冊の作品の背景が理解できると思います。それから更に多くの時間を経て、私はいまだに病気の苦痛から自由ではありません。

『帰路』は、「此ノ生ノ帰路愈茫然タリ」（「慈湖夾阻風五首」其二）という蘇東坡の詩にもとづきます。いつまでも「往路」と信じていた道が、気がつけばあきらかに「帰路」でした。私の人生の「帰路」にどれほどの猶予があるかは別として、「帰路」の思いはますます実感として身に積んで重く感じられます。

さて、長いながい足の痛みと身体の不調の続く日々です。その苦痛の時間において、不調の合間をぬって、この一冊の構想を考え、作品を並べて行くのは楽しい作業でした。これらの言葉との戯れの時間はかけがえのないものでした。この一冊が、さまざまな読者の胸に届いてくれることを望んでいます。

栞文をいただいた井川博年氏と成瀬有氏に御礼申し上げます。北冬舎の柳下和久さんは厳しい治療中に作品を依頼してくださいました。この本も柳下さんの慫慂に端を発しています。深く感謝します。そして、なによりも、この作品を生み出し、また現在に到るまで私を支えてくれている家族に感謝を言わねばなりません。ありがとう。

二〇〇八年三月七日

一ノ関忠人

初出◇02「病院日和」(「白鳥」二〇〇五年十、十一、十二月号、二〇〇六年一月号)／03「わが病牀六尺の歌」(「路上」１０３号(二〇〇六年二月))／04「病室にて」(二〇〇五年九月—二〇〇六年四月「娘への手紙」より)／05「万華鏡」(「北冬」００４号(二〇〇六年八月))／06「歌仙「夏宵黒麦酒巻」独吟及始末」(「白鳥」二〇〇六年七月号)／07「古墳の薺」(「白鳥」二〇〇六年四月号)／08「バラ色の空」(「短歌現代」二〇〇七年一月号)／09「春の火」(「東京新聞」二〇〇七年一月二十七日夕刊)

著者略歴

一ノ関忠人

いちのせきただひと

1956年(昭和31) 5月、東京都世田谷区生れ。78年、岡野弘彦主宰の「人」に入会。79年、國學院大学文学部日本文学科卒業。88年、博士課程前期終了。93年、「人」解散。94年、成瀬有を中心に「白鳥」創刊。歌集に、『群鳥』(95年、角川書店)、『べしみ』(2001年、砂子屋書房)、『一ノ関忠人集』(セレクション歌人1、05年、邑書林) がある。

住所＝〒243-0433神奈川県海老名市河原口1109-5-906

帰路《きろ》

2008年5月21日　初版印刷
2008年5月31日　初版発行

著者
一ノ関忠人

発行人
柳下和久

発行所
北冬舎
〒101-0062東京都千代田区神田駿河台1-5-6-408
電話・FAX　03-3292-0350
振替口座　00130-7-74750
http://hokutousya.com

印刷・製本　株式会社シナノ

定価：[本体1600円＋税]
ISBN978-4-903792-10-1

北冬舎の本

詩歌作品・歌集

香港　雨の都　ポエジー21①
谷岡亜紀
紛れなくわれも亜細亜の一人にて
風の怒号の城市に迷う
1400円

饒舌な死体　ポエジー21②
江田浩司
死体は死ねない。
わたしの足の水虫は夢を見る。
1400円

個人的な生活　ポエジー21③
森本平
みがかれぬまま老いてゆくのが
わたくしと昼の私・夜の私
1600円

出日本記　ポエジー21④
中村幸一
認識の主体がないのに在るなどと
愚鈍なお前は出ていきなさい
1600円

東京式99・10・1─00・3・31　ポエジー21⑤
藤原龍一郎
都塵吸い都塵を吐きて酩酊し
酔生夢死の日を夜を一生
1700円

異邦人朗読のためのテキスト　ポエジー21⑥
吉村実紀恵
約束もなくてオープンカフェにいる
今日は朝から乳房が重い
1600円

新しい天使
江田浩司
微熱に狂気を孕み、〝新しい天使〟の
出現を夢に見る、長篇現代短歌物語
1800円

ピュシスピュシス
江田浩司
たった一つのリアルをつくす営みが
金輪際をゆきて帰らぬ
2400円

しあわせな歌
中村幸一
愛あらば生きてゆけるかなぜ生きる
などと問わずに愛あらば
2400円

*好評既刊

価格は本体価格